동행

책 만 드 는 집　시 인 선 0 8 2

동행

오영빈 시조집

책만드는집

• 때늦은 성장통, 그 민낯을 보이다

등단 40년 남짓에 첫 시조집을 내고 참을 수 없는 아쉬움과 부끄러움으로 정신이 아뜩해짐을 경험했다. 많이 미흡했음을 절감했기 때문이다. 그러면서도 그 첫 작품집이 그때까지의 마무리이자 새로운 시작임을 다짐했던 터라 이후 나름대로 열심히 짓고 썼다. 그런데 어쩐다, 다시 두 번째 작품집을 꾸미려고 그간 생산한 것들을 추슬러보니 손에 잡히는 게 다 쭉정이만 같고 조악한 구제품만 같다는 생각을 떨칠 수가 없었다. 아아, '시조쓰기 면허장(등단)' 하나 달랑 손에 쥔 후 그 많은 시간을 손 놓고 지낸 업보가 이리도 가혹할 줄이야! 그 공백을 메우려고 무던히 애써보았지만 도무지 따라주지를 않았다. 가당치도 않은 솜씨 앞에 고개 떨구면서 또다시 부끄러운 생각이 밀려들어 내버리듯 방치해두고 몇 달은 넉넉히 지났을 것이다. 그리고 다시 해를 넘기고 말았다. 그렇지만 '못나도 내 새끼'

라는 생각에 이르자 기력을 회복하여 다시 부족함을 감내
하기로 작심했다. 시쳇말로 무지하면 용감해진다고 하지
않던가! 그러면서 그 부끄러움과 무지를 아는 것도 어쩌
면 성취라면 성취이고, 다시 또 '제3시조집'을 이끄는 힘
과 자양이 될 것이라는 의미를 위로 삼으며 제2시조집을
상재한다.

• 공감을 희원하다

누구든 그럴 것이란 생각을 해본다. 자기가 쓴 시가 노
래가 되고 음악으로 불려지기를 바라는 마음 말이다. 나
또한 그것을 갈구한다. 내 가슴과 머리에서 나온 시가 노
래가 되어 가깝게는 내 가족이, 나아가 나의 지인이, 더 나
아가서는 어느 이름 모를 세인의 가슴에 닿아 하늘거리는
나뭇잎처럼 고개 끄덕거리게 하는 몇 줄의 시로 남기를 바
라는 마음 간절하다. 그러나 그것이 이루어지지 않는다면

나의 이 시조쓰기는 도로이기에 작파해야 옳다. 하지만 내가 어찌 그것을 다 확인할 수 있을 것인가! 욕심은, 이해의 시그널이 너무 여리기에 내 피부에까지 닿지 않을 뿐이라고 자위하면서 여전히 부족한 제2시조집을 뒤로 물리고 다시 붓을 가다듬다. 그리고 내 생의 마감 날까지 짓고 또 쓰는 일을 숙명으로 여기고 싶다. 다만 여기서 안타까운 것은 시간이 그리 많지 않을 것이라는 현실이다. 그러나 시간의 쫓김에서 일탈하고 싶다. 시간을 부리는 지혜라도 터득해서 줄기차게 내가 보일 수 있는 순수 감정의 시맥을 경작하고 싶다. 그래서 그 어간에 온축된 시정이 비로소 타인의 가슴으로 전이되어 마침내 감염처럼 이해하고 공감하고 감동하게 하는 울림의 시가 되기를 바란다.

－2016 봄에 芝山草堂에서
오영빈

| 차례 |

1부   이른 봄 숲 속에서

2부 　눈물 한 점 떨군다

3부   역사, 그 영욕의 피륙

4부 　두 봉지만 주세요

5부 물고기가 떠났다

1부
이른 봄 숲 속에서

이른 봄 숲 속에서

이른 봄 마른 숲 속을 호젓이 걷는다
어딘지 때깔이 다른 모습이 역력하다
우듬지 햇가지 빛깔 푸르스레한 그것

봄을 타나 보다, 욱신대는지 건들거리고
지난가을 다 내려놓은 텅 빈 그 자리에
다시 또 새로운 채움 햇살이 문을 연다

황급히 멧새 한 마리 울음을 놓고 간다
낙엽 밟는 소리 속 울음소리 안 들려요?
아뿔싸! 나의 발길에 벌레들이 아프다니

아뜩하게 다가오는 저 미물의 긴급 전언
질러가다 낭패를 보네, 핀잔을 자초했네
인제는 빤히 난 길로 봄 마음을 헤며 간다

봄꽃 찾아서

거울 속 내 얼굴은 끔쩍도 하지 않네
창밖은 잎 진 가지 녹색 꿈이 깊은데
가슴팍 옹이 진 생각 세월 탓만 하리야

때맞춰 우수 경칩 대동강 물 풀어주자
아웅다웅 부대끼며 새것들이 봉기한다
뜨락에 듣는 빗방울 감로수로 젖느니

무슨 신념 있다고 돌아서 구시렁대나
세사와의 불화도 잠금해제 클릭하고
오늘은 봄꽃 찾아서 먼 길 한번 가보자

도다리쑥국

겨우내 봄을 그려 웅크리고 지내다가
봄 아씨 부름 받고 얼굴 내민 어린 쑥
도다리 도령을 만나 찰떡궁합 뜨거운 국

때 타지 않았어라, 여인네의 순결이여
쑥잎을 휘휘 두른 도다리 하얀 속살
차지고 쫄깃한 맛이 씹을수록 고소하다

계절을 섬기려는 입맛들의 별미 탐닉
쑥 내음이 밀고 오는 삼삼한 남도의 맛
간밤에 술에 저린 속 춘삼월 봄눈이다

참새와의 대화

꽃보다 먼저 찾아온 참새들의 봄 아침
강중강중 뛰는 모습, 네 체중은 얼마니
지금은 배가 고파요,
우린 비만 없는데요

삭막한 도심에서 겨울 어찌 났느냐
어디에도 네 둥지는 보이지 않던데
형편껏 살았지요 뭐,
걱정해줘서 고마워요

옷깃만 여민데도 포르르 달아난다
좀 더 놀다 가렴, 우린 오랜 이웃이잖니
그런 말 하지 마세요,
우린 사람을 안 믿어요

잡초를 뽑으며

논밭의 잡풀이야 적색분자 색출이다
무도한 살상의 손길 영역 침범 징치懲治다
후드득 듣는 눈물이 하늘 가슴 닮았다

떼죽음을 도모하려 맨땅으로 내쳐본들
한눈판 그 사이에 보란 듯이 일어섰네
모질다, 생떼 목숨아! 내 삶은 어쩌라고

잠시 자리 털고 자연에서 너를 본다
어디에도 울 없고 주인 없는 자리 없네
모두가 어엿한 주인, 내 갑질을 어쩐다

밤송이의 말

밤을 줍다 엿들은 밤송이의 말을 적는다

아무리 세찬 비바람에도 나약하게 가슴을 열지 않았지. 수만의 가시로 에워싼 나의 성채는 어린 밤톨들을 키우기에 더없이 안전하고 편안한 요람이었어. 석문처럼 걸어 잠그고 오롯이 새끼들을 키우느라 숨소리도 낮추었지. 어린것들이 새록새록 살이 오르자 내 몸피 또한 커지는 지독한 아픔을 견뎌내며 그것들이 완전히 제구실을 할 때까지 꾹 참고 기다리다가 오늘 비로소 그때가 되어 가슴 빼꼼히 새끼들을 품고 적막 속으로 뚝 떨어졌지. 나의 생은 여기서 마감이지만 가을 햇살이 낭자한 땅에 뒹구는 나의 새 생명들을 보라, 한결같이 탱글탱글하고 윤기 좔좔 흐르는

모골이 오싹해지네, 숭엄한 밤송이의 저 모성

뱁새가 글쎄

내 눈이 청맹과니거나 색맹인지 몰라도

자연을 보면서 까무러치게 놀랄 때도 많고 이해 안 가는 게 한두 가지가 아닙디다만 아무려면 저런 미련퉁이가 있을까 싶게 아 글쎄 뱁새란 놈이 제 몸뚱이보다 세 배나 큰 소쩍새 새끼를 제 새끼로 알고 키운다지 뭡니까

떼끼 놈! 자연을 보는 눈 아직 멀었군그래

가는 길

굽은 길 돌아가는 길은 생각이 묻어가고

생활 속 탐하는 길은 절박을 지고 뛴다

사는 일

한판 윷놀이

말길 쓰듯 하리라

삶이란

망설임의 끝자락에 체로 거른 생각 하나

한 마장도 못 나가서 바장대며 돌아보네

삶이란

노상 그렇게

후회로 새긴 나이테

행간을 넓게

조금 뒤처져 가니 패랭이꽃도 보이네

있으려니, 질러가는 길

외면하고 돌아서 가는

되도록

행간을 넓게

풀어 쓰는 생활 보법

풀잎 수채화

푸릇푸릇 돋은 풀이 호수에 얼비친다

바람이 일 때마다 하늘하늘 여린 몸짓

연두색

물감을 풀어

물에 그린 풀잎 수채화

금낭화

은밀한 곳 근처의 비단 주머니를 닮은 꽃

일렬횡대 다소곳이 땅을 향해 밝힌 꽃등

허방에

헛발 디딜라

짐짓 밝힌 저 염려

단팥죽

겨울철 단팥죽은 별미 중의 하나려니

숟가락에 엉겨 오는 달큼한 혀끝 너머

옹심이

씹히는 그 맛

쫀득쫀득한 삶의 맛

가을 하늘 1

날씨가 기가 막히네, 걷는 것도 시들하여

그 자리 풀썩 주저앉아 하늘을 우러르며

빛바랜

그리움 하나

창공에 헹귀본다

가을 하늘 2

구름 한 점 없구나, 눈 시리게 푸른 하늘

샘도 강도 바다도

물이란 물은 다 하늘에 모여

한 뿌리

순혈주의를

만방에 떨쳤구나

아침 강

바람이 물안개를 밀어낸다, 숲 속으로

물비늘에 이랑진 강물이 나울거리고

그 위로

햇살의 군무

윤슬이 화답하네

2부

눈물 한 점 떨군다

그때에 알았으면

내 이미 가슴에 괄호 열고 괄호 닫고
가둔 지 오래인 벗아 왜 이리 갈신대나
때 없이 마른 눈물도 눈치 보며 훔치네

이제사 말이네만 내 잘못이 너무 컸어
병고도 건성 들으며 호기를 꼬드겼던,
그 잔이 비상砒霜이란 걸 그때에 알았으면,

자넨 더 잘 보이겠다, 창백한 저 낮달
내 모습이 바로 그것, 술에 절어 희멀건
여태껏 그 모양인가! 후회는 뻘로 했군

그분 생각
－동아출판사 창업주 김상문 회장을 기리며

회장님, 회장님, 동아* 김상문 회장님!
그 100세 발치에서 의지를 접으셨나요
부음을 손에 들고도 귓불을 잡았더이다

언제든 만남이면 건강으로 삽짝을 열고
세인에게 보인 다짐 『100살 자신 있다』**
허투루 하신 말씀이 결코 아니셨는데

큰살림을 잃고도 흔연스레 웃으시던,
호루라기 불기도 전에 내닫는 아이처럼
다시금 고지가 저기! 계단 둘씩 오르셨죠

날 한번 잡아요, 맛집 하나 봐두었어
일상에 묻힌 말씀 화들짝 일깨워서
벨 소리 파발 띄워도 기척이 없더이다

생각을 일으키면 낙수처럼 듣는 추억

섬돌에 어룽어룽 손등으로 오른 검버섯
세월은 무심을 쫓나 기억마저 야위어가네

* '동아출판사'의 줄인 말. 초등학생용 『동아전과』와 중학생용 『완전정복』
은 학습도서 시장을 지배한 책으로 동아출판사의 대명사가 되었음.
** 김상문 회장이 90세에 체험적 건강 지식을 폭넓게 소개한 책 이름.

초정 김상옥 선생님께

봄 햇살 파릇파릇한 당신의 시비 앞에
첫 시조집 한 권 달랑 들고 왔습니다
알토란 일구지 못해 잡풀만 수북합니다

그 신춘문예 쟁투에서 제 이름 짚으시고
붓 대롱 꾹 누르며 토를 달아두셨지요
뒷날을 능히 감당할 초록 싹수 보인다고

낙점의 깊은 뜻을 분발로 읽었습니다만
한눈판 세월에 갇혀 그 일 깜박했지요
뒤늦게 미망 떨치고 붓대를 다잡습니다

남망산* 양지 맡에 다짐 하나 묻습니다
드러난 재간이야 바닥 친 지 오래이나
당신이 열어주신 길 가쁘게나 가렵니다

* 통영시의 바닷가에 있는 공원을 품은 산 이름. 초정 김상옥 선생을 비롯
  하여 청마 유치환 선생, 대여 김춘수 선생의 시비가 있음. 볕바르고 경관
  이 빼어남.

내 여름을 다스려온 부채
–박문재 시인 생각

박 형, 그때 주신 합죽선 기억하세요
간직한 시간만큼 해지고 낡았어도
아직도 의젓한 기품
여름나기 반려입니다

똬리 튼 땡볕이 열풍마저 묶어놓고
거머리 들어붙듯 불더위가 끈적여도
합죽선 주신 마음에
더위도 깜박합니다

쓰다가 손때 타면 표구하라 하시던 걸
때 놓친 아쉬움이 마른 구름 더께 진들
부채의 시구를 보며
더위 훌훌 날립니다

눈물 한 점 떨군다

─고향 친구 버버리 금농아를 그리며

　#

내 고향 뒷산에는 관악사란 절이 있지
옛날 옛적 절터에 새로 생긴 작은 절
바람난 친구 아낙이 군서방과 지은 절

　#

어느 봄날 달밤에 친구 아낙 집 나갔지
똥오줌 겨우 가린 남매 달랑 떨궈놓고
먼 데 산 친할미가 와 그것들 건사했지

소문은 새끼 치듯 동네방네 번져갔지
가난이 쫓은 거라니 실성해 나갔다느니
첫정을 못 잊겠다며 귀띔하고 갔다는 둥

외딴집 젊은것들 잘 사는 줄만 알았제
일 잘하제 심성 고와 팽판이 좋았승께
누구도 금슬 같은 것 의심키나 했당가

고깃고깃 소문 쪽지 한뎃잠에 닳아지고
정신줄 놓을망정 첫정인 걸 어찌 놓아
찾으면 찾을 거라는, 그 믿음 종교였지

지푸라기 잡는 심정에 들쑤시는 소문들
찾을 듯 허방 짚고 다리난간 올랐을 때
두 새끼 눈에 들어와, 아부지, 어디가—

내 이년을 잡기만…, 모진 마음 이내 숙자
밥숟가락 탁 놓은 채 주구장창 술질이니
내 새끼 저러다 가요, 그 어매 짠한 탄식

이러구러 큰놈이 중학생이 돼부렀고
둘째가 영락없이 안살림을 해내닝께
금농아 살게 됐어야, 위로받던 그 무렵

39

큰놈이 심드렁하게 건네준 쪽지 한 장
제 어미 뒷산에서 절 짓는다는 내용이라
해거름 뒤도 안 보고 낫을 품고 오른 친구

아낙은 악다구니로 군서방은 손짓으로
떡대 같은 인부들 주먹다짐 부렸으니…
어둠 속 피멍 숭숭히 반죽음이 되어 왔지

알쪼 아니겠능가, 본 사람이 없는 이쪽
혀 끌끌 차는 소리, 달포 남짓 지났을까
그 친구 처연히 가고 뻐꾸기만 울어댔지

      #
그 친구 버버리였어, 마음이 참 좋았지
쇠꼴을 벨 때면 으레 내 망태 채워주며
멋쩍게 씩 웃던 얼굴, 보고 싶다 금농아!

학교를 안 다니고도 글자 어찌 깨쳤는지
막대로 척척 쓴 글자 맞지, 하던 진한 눈빛
내 표정 이내 읽고는 으스대던 그 몸짓

버버리라고 놀려대도 애매하게 웃었지만
그 가슴 한의 바다에 파문 하나 보냈것다
어쩌다 세월 거슬러 눈물 한 점 떨군다

전깃불 추억

−지난여름, 그 지독한 더위

냉방기 열 올리고 긴팔 옷을 찾더니
전등불 혼자 두고 일없듯 문 나서네
호롱불 유일한 불빛, 알까 몰라 그때를

달빛에 길을 물어 누비 어둠 뚫었고
반딧불이 책에 올려 푸른 글자 짚었다
한 거리 동화이런가, 지난날 우리 민낯

침공처럼 어느 날 전기가 들어왔다
방마다 들인 전등 거기 그냥 달아두고
한 등만 켜고 살았지, 새 세상 더딘 출발

한 바람 거리 밖에 개벽 세상 열었구나
손 까딱 불러다가 흔전만전 쓰는 전기
새중간 흘린 불빛이 밑불 됐네, 불더위

궁벽한 기억들이 맨발인 채 뛰어온다

생뚱맞은 생각 하나 촌스럽게 꺼내보랴
이까짓 더위쯤이야, 오기도 생활 방편!

어머니의 가을

어머니의 가을은 종일 배가 부르시다
벼 베기 새참에도, 안 묵어도 배부르다
저녁에 푸성귀 얼지에
많이 묵을란다

어머니는 콩 타작에 인기척도 모르신다
헛기침 앞세우고 안골 아재가 들어와도
삼매에 빠진 저 일손,
눈귀가 다 어둔께…

어머니 머리 너머로 대봉이 익어간다
깨 볶듯 쏟아지는 늦가을의 끝물 햇살
스민다, 달큼한 맛이
스멀스멀 감기것다

복조리

팍팍한 시절에는 복도 팔고 샀었지
복조리 사시오—, 살 에이는 설날 아침
삽짝이 잠시 열리고 도란도란 복 거래

적선하고 복을 짓는 인정 깊은 마음씨
아낙들 웃음소리 담을 넘고 울을 넘어
새해가 불끈 솟으면 복 거래는 끝나고

오늘은 그런 물건 용처인들 알까 몰라
벽에 오른 복조리, 장식으로 남은 흔적
가난도 복습하듯이 복을 짓던 새 아침

쌀밥

땀방울로 빚어놓은 하얀 싸리 구슬
고깔 쓴 모자 모양 고봉으로 담은 쌀밥
상머리 드는 햇살에 자르르 윤이 났다

아무나 먹었으랴, 보릿고개 아니라도
살림살이 높낮이도 쌀밥으로 짚어내던
그 시절 순한 강둑엔 뺄기꽃이 서러웠다

아득히 바라보던 먹는 것의 맨 꼭대기
건강 찾는 길목에서 그 위세가 꺾일 줄을
세상 참! 불변은 없네, 쌀밥의 짠한 추락

대박

대박의 길라잡이 곁방 내고 새끼 치고
질펀히 널브러져 발부리를 덮는 유혹
한순간 뒤집을 모반 너나없이 생각지

눈여겨 찾아보라, 한 집 건너 복권방
그 하나 실팍한 게 찌하고 입질이면
순풍에 돛을 달리라 휘파람 푸른 인생

곤궁은 하릴없이 대낮에도 꿈을 좇지
그 마음 혹하여 흰 가슴에 불을 낼라
대박은 한낱 신기루 선잠 자다 눈뜰 일

이웃사촌

탱자나무로 울 두르든

죽데기로 담장을 치든

때 없이 오면가면 뱃속까지 안 이웃사촌

이즈음

아파트살이

한 뼘 거리 먼 이웃

술 바람 인기척

달님도 그만 놀라 귀 세우는 겨울 한밤

오일장 다녀오시는 아버지의 늦은 귀가

"어머니, 누가 왔나 봐"

"오긴 누가, 술 바람이지"

밥상머리 추억 1

두 길 세 길 파는 것은 사치고 낭비니라

골똘히 한길만을, 미련퉁이면 또 어떠냐

힘겨워

돌아보는 길목

등 따시고 배부른 그 길

밥상머리 추억 2

되 글 받아 말 글로 푼다는 말도 있느니라

선영치레 못하면 비위치레 하라 했다

성인도

시세를 따랐다지

세상 흐름 읽어라

밥상머리 추억 3

생각이 올곧으면 신념이라 이르지만

고집이 외골수면 똥고집이라 깔보느니라

내 주장

힘줄 때라도

척질 말은 삼가고

너 바보

쏘삭거린 봄기운이 허둥지둥 내몬 봄길

저마다 형형색색 차림새도 천차만별

생각도

저러할지니…

갑자기 등 뒤에서 '너 바보!'

까치밥

말갛게 찬 하늘에 등촉을 매단 것은

궂은날 한 끼 상차림 언 가슴 덥혀주고

나눔의

실천 같은 것

우리네 오랜 성찰

3부

역사, 그 영욕의 피륙

석모도 가는 길

석모도 가는 길은 맛보기로 끝난 뱃길
구름도 마을 나간 갈매기를 품은 하늘
바다가 하늘과 같고 하늘 같은 바다다

한 무리의 갈매기 떼 선상을 위협한다
텃세를 부리는지 끼룩끼룩 울어대며
이웃들 죄 불러들여 한바탕 세 과시다

오해가 있나 보다, 새우깡이 소통이다
금세 하늘로 번진 고소한 새우깡 내음
재들도 새우가 좋은지 잽싸게 물고 간다

미끼가 아니란 걸 짐짓 알고 있음이다
거침없이 다가오는 갈매기를 보아라
미물도 믿음 닿으니 더불어 이웃이다

기행 시초
-2015 여름 지각 나들이

-들머리
메르스에 막힌 길 불더위도 살짝 비켜
기어이 먹은 마음을 다독여 떠난 날은
날씨도 정황 아는지 노릇노릇 더웠다

-박재삼문학관
앉은 품새 그만하면 시인 대접 쏠쏠일 터
볕 잘 드는 노산공원 박재삼문학관에는
오늘도 울음이 타는 가을 강*이 흘렀다

-봉화마을
역사의 그 봉화마을 곁길에서 찾은 보람
안개비 내리는 둘레 마음 벌써 축축하고
받드는 한 송이 꽃에 속엣말도 었었다

-기장機張에서
낙동강 하구 질러 기장까지 내달았다

알싸하게 감겨드는 짚불구이 꼼장어 맛
걸쭉한 주모 입담에 여정도 살이 쪘다

— 영주榮州에서
선비고을 걸맞게 인심도 준절峻截했다
일품 한우 맛에 삶은 문어 쫀득한 맛
곁들여 좋은 술이라니! 일정이 야속했다

* 박재삼 시인의 시 제목.

삼전도비 三田渡碑

군왕이 토설吐說하는 저 욕된 역사를 보라
"내가 대국에 화호和好를 의탁한 지 10년인데 이제 이
지경에 이르렀다. 이것은 내가 어둡고 미혹하기 때문에
스스로 천토天討를 재촉하여 만백성을 어육魚肉이 되게
한 것이니, 죄는 나 한 사람에게 있다."*
때늦은 군왕의 참회, 어육 백성이라뇨!

임금이 세 번 절하고 아홉 번 머리 조아려**
항복과 용서를 빌 때 등 떼밀며 윽박질러
네 진심 삼전도에 심어라, 대청황제공덕비大淸皇帝功德碑

본디 이름 버리고 '삼전도비'로 불렀기로
분함이 가셨으며 위안인들 되었으랴
군색한 그런 호칭에 억장만 무너졌다

버려지고 주위 오고 또 팽개치고 찾아오고
분노의 눈빛으로도 스러지고 남을 시간

모질게 비긋고 섰네, 망한 나라*** 문자 두르고

괴이한 저 빗돌에 줄줄이 새긴 치욕
있을 곳 예 아니야! 손사래를 쳐본들
역사는 영욕의 피륙, 징비懲毖로 담아 갈 일

* '삼전도비'에 새겨진 글의 일부. 〈한겨레신문〉에서 차용.

** '삼궤구고두례三跪九叩頭禮'에 근거한 표현.

*** 만주국, 몽고, 청나라를 가리킴. 이들 세 나라는 역사상 모두 망한 나라임.

정도리* 몽돌

아무리 견고했기로 파도 앞에 무위였다
부딪치고 깨진 자리 흠결마저 다 삭히고
시간의 넉넉한 허여 몽돌을 지었나니

파도의 세찬 물결 밀치고 끌어안고
치열한 삶의 해변 내외의 몸짓 같은
긴장의 파고를 뉘어 각 지우는 사랑법

물먹은 살갗에서 윤기 저리 나는 것은
부대낀 만큼 옹골차진 성숙의 표현이다
느꺼운 몽돌을 보며 원만을 읽고 간다

* 완도읍에 있는 해변 마을 이름.

서울살이

모를 일, 모르겠네 떠남도 아니건만
오늘따라 서울을 처음 보는 것처럼
나들이 발길 쫓아와 새록새록 새롭다

차창으로 몰려나온 한강 변의 풍경들
해맑게 씻긴 모습 민낯이 더 환하다
거기도 저기도 지금 성형하고 있구나

문득 뒤돌아본 서울살이 누런 흔적
어느 구렁 진자리도 가려 밟지 못하고
강고한 가슴팍 치며 허우적인 반백이다

푸른 세월 건너오던 망향가의 입술엔
어느새 눌어붙은 서울 찬가 한 소절이
봄기운 너울을 타고 헤살헤살 떠간다

관악산 예찬

관악산의 기세는 남대문이 먼저 안다

崇

　禮

　　門

그 현판이 대장군의 기개로

관악의 기를 다스려

왕조를 지켰느니

관악산의 품 안은 큰 인물의 산실이다

그 기슭 서울대학에

팔도 영재 다 모여

해종일 풀무질 소리

시우쇠를 정련精練하니

관악산의 사계는 치유의 도량이다

구름 인파 발길에

온몸을 내어주고

뜨거운 산정을 풀어
생기를 돋워주니

어느 날 길손이 들어

– 고시조 풍

어느 날 길손이 들어 술독을 열어보니
쉼 없이 다스린 술밥 사과 향이 깊구나
갖추어 술상 내어라, 안채에 이르는데

익은 향 달아날까 염려 아니 되오이까
격식은 훗날에 하고 그냥 한잔 고프오
길손은 벌써 취하여 자리끼를 당부하네

인심이 순후하고 술 향기 꽃다운 걸
서산에 해 지기로서니 길 뜰 채비 하리야
저 길손 태평세월에 주인 마음 응달이다

중국 계림桂林에서

웬일일까, 계림에서 느끼는 이 친근감

중국에서는 계림을 '구이린'이라고 부르고 '桂林'으로 적는데 그것이 신라의 옛 이름 계림鷄林과 음이 같기에 그럴까, 아니면 귀에 익은 동요 '계수나무 한 나무…'의 그 '계桂' 자 때문일까,

빼어난 계림 풍광이 우리 땅인 양 좋았다

여행 준비

여정이 길든 짧든 설렘은 매한가지

한참을 꾸리고도 옆구리에 남는 허전

여행도

요령이구나

몸 가볍게 짐 가볍게

식후경

입는 것이야 저만치 물려놓는다 치더라도

아궁이에 벌건 불길 때 되어 피어오르면

뱃속은

훈훈한 열기

식후경을 생각지

동강할미꽃

동강의 할미꽃은 고개 반쯤 들고 핀다

뿌리 박기 어렵고 눈비바람 너무 세차

다 같은

반도 사는데…

자리 탓의 몸짓인갑다

바오밥나무

험난한 세상이라 밑동에 힘 불끈 주고

허위허위 키운 몸피 하늘을 받쳐 이고

천년의

사유로 섰네

부석사 배흘림기둥

통영으로 가 보세요

올겨울은 추위가 만만치 않다지요

긴 삼동 어기차게 보내고 싶다구요

타세요,

저기 통영 가는 차가

막 떠나려고 하네요

해남 땅끝

태생적 그 이름엔 호기심의 디엔에이

밀물 썰물 운행 속에 그리움이 봉긋하면

기어이

가고 말리라

해남 땅끝마을

운명

형이 집을 나가면 나는 여기 남을게

옛날 옛적 닭 형제의 우연찮은 선택이

다시는

어쩔 수 없는

닭과 물닭의 운명

4부

두 봉지만 주세요

유예의 시간

힘껏 팔매질하면 저 멀리 뚝 떨어질
그쯤 어디선가 날 부르는 소리 있네
진원이 중요하리야,
예사롭지 않은 걸

지진이 그러하듯 전조를 보인 걸까
바람결에 스미듯 은근히 이르는 말씀
시간이 별로 없구나,
갈 채비도 해야지

허둥댈 일 아니야! 귀띔하고 간 것을
유예의 시간이거니, 줄 그으며 톺아보며
언제든 부르면 가리,
그 준비 지금부터

복지의 얼굴

할머니가 온몸으로 리어카를 밀고 간다
폐지며 잡동사니에 빈 박스가 여남은 장
할머니, 그리 가져가시면 얼마나 쳐주던가요

위태로운 걸음걸음 할머니의 쇠진한 몸
해종일 그러모은 보람 셈 한번 해볼거나
내 서툰 계산기에는 만 원 남짓 찍히는데…

후미진 골목골목 금붙이를 줍는 마음
생계로 훑어가는 저인망 할머니의 손
저 처지 헤아리는 게 복지의 얼굴이겠죠

두 봉지만 주세요

지하철역 대합실에서 기둥을 난전 삼아
더덕 파는 할머니, 살 사람 오든 말든
눈길은 손끝에 두고 더덕 손질 바쁘다

그래도 마음 한켠엔 단속을 다스리며
뭐라 말하기도 뭣한 한 뼘쯤 공간에서
생계를 품은 손길이 긴장으로 날렵하다

궁금하다, 그 벌이가 얼마나 되시는지
수입은 옷섶 깊숙이 숨겨둔 비밀 장부!
실없는 생각 떨치고
"할머니, 두 봉지만 주세요"

자투리땅

어디에도 끼지 못한 주류 밖의 외톨이
개발 뒤끝 도심 속 관심 밖의 자투리땅
되찾은 순명順命의 가슴 푸른 숨결 품었다

손바닥 쫙 편 크기 알곡만 앉힌 공원
간추린 참고서 같네 아직 남은 저 여백
누구든 제집 마당을 거니는 듯 여유롭다

새로 선 느티나무 터 잡아 더 푸르고
꼬맹이들 소꿉놀이 땡볕인들 막을쏘냐
노인들 졸음 속으로 매미 울음 성가시다

보석도 무심하면 돌멩이와 함께 논다
관심의 손길에 닿아 주류 변신 팡파르
자투리 정명正名의 자리 서민들의 보람이다

가족
－렘브란트의 〈돌아온 탕아〉를 보며

집 나가 제멋대로 살다 돌아온 아들을
아비의 바다 가슴 아름 안아 다독이네
어둠이 걷히는 길목 가족은 사랑입니다

긴 터널 빠져나온 어머니의 엷은 미소
뚱하던 형의 안색 먹구름이 걷혀가고
물보라 용서 한 마당, 천 마디 말을 뉘네

성자 같은 아비 품에 잦아드는 철부지
모든 걸 내버리고 새로 시작하렵니다
등지고 다지는 참회 들보가 흔들리네

빛이 쏟아진다, 아, 탕아의 발바닥에
어지럽던 흔적들 가뭇없이 사라지고
사방은 붉은빛으로 안온하게 잠기네

후회 1

물정 모르고 바라본 그 꽃 아름다웠다

파룻파룻 돋아나는 싱그러운 풀잎 얼굴

문빗장 슬며시 흔든 나의 처음인 그 꽃!

눈멀도록 바라볼걸, 허방에 빠지더라도

일내듯 낭떠러지로 굴러떨어져 본 건데

알끈한, 오늘 이 마음 용기를 탓하다니

후회 2

뒷동산에 올라가 봄과 노닥거릴 때는

시간은 늘 품에 드는 햇살로 여겨졌었다

이제 와

스러진 날을

탓하다니, 허 허 허

어떤 성취

뒤따르는 길이라도 잘 따라만 간다면
오뚝이 혼을 품고 멀리 갈 수 있으면
세상은 늘 앞서가는 사람만 쳐주지만

해보는 말이란다, 뒤따르는 사람에게
그리 바짝 쫓아오면 냄새 아니 나는지
아차차, 몇 보 앞에서 제 먼저 엎어지던,

돌아보면 저 멀리 따라오는 사람 더 많다
저마다 자기 보법 제 길 쫓아오는구나
등위는 관심 밖이야, 완주 뒤 환호 소리

너 홀로

이 눈치 눈물 한 점
저 눈치 눈물 두 점

설 수만 있다면야
너 홀로 걸어가라

간헐천
솟구치는 물기둥
혈맥 불끈 솟는 결기

높은 봉

아스라이 높은 저 봉 아, 아 하다 저무나

'시작!' 입에 붙이자 구름밭을 나는 생각

내 발길

봉 아래 있네

신들메를 단디 묶네

이즈음

하는 일 어름어름 딴생각할 때 있네

앞생각 뒷생각이 한 올로 풀리다가

뚝 끊긴

생각의 실마리

쩔쩔매며 찾는다

따로따로

무심이야, 이건 저만치 따로따로

아내는 아내대로 아이는 아이대로

무뎌진

자장磁場의 둘레

한눈파는 쇠붙이들

맛있는 술

사는 일 막막거나 드러낼 거리 없어도

더불어 사는 기쁨 한잔 술로 확인하는,

참으로

맛있는 술은

살맛 철철 오가는 정

破字파자 ─'信신'

'믿음'이란 단어에는 사람이 번을 서서

때 없이 주고받는 말 신의를 확인하네

믿음을

품지 않은 말

말이 아닌 소리란다

5부
물고기가 떠났다

불청사례不聽事例 보고

어찌 들으랴, 산속보다 더 깊은 곳
요새의 깊은 정적 그 너머 철옹산성
게다가 문고리 셋 지른 저 푸른 집에서랴

조근조근 이르거나 확성기로 외치거나
발밑의 낙엽 덤불 뽀스락대는 소리라면
듣느니 북악산 정기 솔바람에 젖은 탓

어린것들 한참 후면 쇠용통을 손짓하고
민초들 성 안 차면 앵돌아져 수군댄다
이마저 귓불 내리면 열린 귀도 닫힌 귀

마른하늘 번개 치고 뇌성벽력 우르르 꽝
예전에 본 그 전쟁영화 여음으로 치부하면
깜깜한 밤길 걷는 것 허방다리 두렵다

그들과 저들

—2012 대선, 그 붉은색

가정이다, 저들이 빨간 점퍼 차림으로
빨간 펼침막 아래 옹기종기 모여 있으면
그들은 필시 말하겠지, 본색을 드러냈군!

누런 잇속 빠져나온 음험한 꾀를 본다
허구한 날 종북몰이 손에 손에 칠통 들고
붉은색 북북 칠하고, 너는 원래 빨갰어!

어째 좀 켕기지만 고지가 저기인 걸
수첩 공주님을 중심으로 좌우에 문무백관인 양 다소
곳이 앉아서 머리 맞대고 건곤일척 큰 책략을 논하는
참석자들의 면면을 볼라치면 함자만 들먹여도 이내 알
아차릴 내로라하는 분들의 관록 경연장! 그 곁에 한때
딴 동네에서 한자리하고 온 파리한 모습의 철새들까지
로마 병정처럼 결연히 차려입은 동아리 복색이며 목에
두른 머플러 색깔이 설악산 아니 내장산 단풍이 무색하
다 모여 모여 우리끼리 천년만년 살고 지고 붉은색에

덕 본 나날 무릇 기하幾何이뇨 일사불란 이대로 쭉쭉 밀
고 나아가자 우리는 써먹어도 저들이야 언감생심!

　그 색깔 흉내만 냈다봐, 3도 화상 각오해라

허공만 바라본다

- 2012 대선 끝나고

입술이 입술에게 변화를 묻혀주던
순환의 법칙이라면 그럴 수도 있다던
예상은 착시의 환영 가뭇없이 사라졌다

건너편의 옹골참에 적이 놀라면서
구경꾼의 저린 오금 힘겹게 일으키며
그래도 관심의 끈에 내일을 걸어뒀다

변장하고 성형하고 문패마저 바꿔 달던
밤으로 익은 몸짓 대놓고 내보이던 걸
왕방울 그 큰 글자도 보지 못한 까막눈이

온기 어린 숨길이 생존을 확인한들
열린 눈길 하릴없이 원근을 짚어본들
들어도 화법 다르니 허공만 바라본다

도덕적 완벽 정권
– 이명박 대통령의 말씀

잘 살고들 계시죠, 대명천지 밝은 세상

대통령이 지근거리 수족들을 모아놓고 "도덕적으로 완벽한 정권"이라고 말씀하셨것다. 그 뜻을 짚어보면 '우리가 일군 정권은 별 부채도 없고 구린 데도 없으니 쫄지마!' 그 말 아니겠어. 아이쿠 나 그 말 듣고 얼마나 황당했던지 하마터면 오줌 지릴 뻔했다니까. 아 글쎄 임기 초장부터 파장이 눈앞인데도 정직 문제가 입방아에 올라 찧고 까불고 온갖 구설의 전선에 선 대통령이 그런 말씀을 저리 태연히 하시다니!

'네 이놈, 네가 뭘 안다고 그 요사스런 세 치 혀로 나라님의 말꼬투리를 잡고 시비가 시비여!'

하는 그 옛 세상이라면 나도 눈 딱 감고 입도 달싹 않겠지만 눈과 귀가 제멋대로 열려버린 21세기 백주 대낮에 '도덕적 완벽'을 거리낌 없이 내뱉는 데는 아연실색, 주둥아리가 근질근질해서 도무지 못 견디겠는 거라,

누굴 뭐 바보로 아나, 에잇 대명천지 흐린 세상!

물고기가 떠난 강

-4대강 유감

강물은 좀 넉넉히 흘러야 강답더라
그래서 저 4대강이 시커멓게 푸른가
참으로 뻘짓을 했어, 세상 눈빛 따갑다

믿음이 흔들리면 한발 빼고 다가서는 법
어느 하나 점지하여 삽자루 꽂으라던
절절한 훈수마저도 지근지근 밟았다

굽고 휘고 회도는 살갑게 누운 강둑
그 강 속 수수만년 옹알이를 키웠거니
저 녹조 긴급 전언에, 물고기가 떠났다!

깎고 자르고 겉보기만 번지르르한 강
강물은 잘도 흐른다, 놀잇배를 띄우랴
강심은 불탄 강아지 앓는 소리 드높다

뒤돌아 입 맞추고 짬짜미도 기식寄食하던

공깃돌을 주무르듯 제멋대로 헤집은 땅
보여줘, 손안의 그것 무엇을 일궜는지

세월호에 대한 한 소견

세월호에 갇혀서 내 세월을 깜박했다
좋은 세상 물으면 상식 딛고 산다 할 것
줄지어 길을 막다니 비상식의 일상화

돌부리에 넘어져도 눈 흘기는 세태인 걸
국격을 뇌면서 굽은 제 손끝 가리키면
흣흣흣 코미디 프로 '내 탓하기' 코너인가

꽃 지는 슬픔 두고 새 누리라 말하랴
충혈 눈빛 씻어줄 샘물마저 끊는 심보
흐르는 세월 뒤란의 저 분노를 어쩐다

애먼 시간 눌러앉아 이죽이죽 흘린 그것
내 탓이오! 크게 외고 곤장을 자청하라
팽목항 푸른 혼백들 봄꽃으로 피어나리

동행 1

예와는 사뭇 다른 살 에는 윗녘에서
같잖은 애송이 하나의 행동거지에
우리네 절름발이 걸음 어질증이 도진다

귀쌈을 때릴까 보다, 판 커질까 켕기고
돌아보면 이쪽 그쪽 목숨 건 외줄 타기
오누이 연 맺었다는 헛소문만 난대도

참말보다 먼저 닿는 즐거운 입방아질
장막 얼음 우지끈, 우수 경칩 바로 그것
천지에 꽃비 오리니 춘삼월의 훈기여!

황당한 일 뒤끝마다 장벽쌓기 자동 변환
수직으로 올라가도 굽어 닿는 우주 보법
닿으면 이내 더워질 혈맥 안고 뚜벅뚜벅

동행 2

─ 가오리를 닮은 B52 스텔스 전투기를 보며

괴이한 일이로다, 가오리가 날고 있네
창공이 하도 푸르러 하늘 높이 올라챘나
지금껏 본 적이 없는 집채만 한 가오리

우리 하늘 어디에 저런 날짐승 있었던가
기껏 솔개란 놈이 병아리나 후려쳐 갈 때
나른한 봄날을 베고 닭의어리를 지켰는데

무얼까, 저게 다… 서해 물로 눈 맑히니
서북쪽 바다에서 우리끼리 큰일 낼까 봐
겁박의 사명 띠고 온 최신예 전투기란다

하와이에서 반도까지 한달음의 보폭으로
시계는 천리 만방, 톺아보고 눈 부라리니
나는 것 기는 것 모두, 오금아 날 살려라

그쯤이면 뒷배 믿고 뒷짐질만 하지만

언제까지 곁불 쬐며 된바람을 재우나
말해봐, 이참에 툭 터놓고
"같이 가자우, 동무!"

씨 뿌리고 가꿔야

통일대박, 황금 마차야! 올라타고 말리라
아닌 밤중 홍두깨라도 그 무게 천근만근
모처럼 유성을 보네, 어둠을 긋고 가네

절실한 마음 자락 씨 뿌리고 한 말일 것
입술에 묻은 향내 천리강산 번져간들
손 놓고 제자리 맴맴 가을걷이 바랄까

농심은 지성 더하여 하늘에 비손한다
밭아도 그렇거니와 생장에는 눈을 못 떼
하물며 통일대박임에랴! 뿌렸으면 가꿔야

회초리

소금 쩐 배추 그것, 맥 놓은 듯 살려도

욱할 일 눈앞 뻗쳐 어질증을 다스리며

들었다

이내 놓는다

힘에 부친 회초리

어떤 꿈 이야기

혼곤히 잠을 자다 바다에 풍덩 빠졌다

아이쿠, 나 죽었구나 하는데 갑자기 부력이 상승하더니 편안히 누워 하늘을 올려다볼 수도 있고 마음대로 걸어 다닐 수도 있었다. 게다가 그새 축지법을 체득한 것인지 발길이 날 듯 가벼웠다. 밤이 깊었는데도 자지 않고 꼼지락거리는 별들이 바로 눈앞에서 반짝거리기에 그걸 하나 따려고 무던히 손을 뻗쳤지만 도무지 잡히지가 않아 '저 예쁜 별 하나만 따 간다면 나도 큰돈을 벌 텐데…' 하고 돌아서는데 퍼뜩 이런 생각이 들었다 ─

'추운 북녘에서 배가 고파 잠을 제대로 자지 못하고 뒤척이는 사람들에게 허기를 잊고 깊은 잠을 잘 수 있게 집집마다 쌀 한 가마니씩을 산타 할아버지로 변신하여 선물해야지…'

아직 깜깜한 새벽, 무슨 낌새라도 챈 것인지 일제히 밖으로 나온 사람들이 왕방울 눈을 굴리며 집 앞에 놓인 쌀가마니를 보고는 악어가 입을 딱 벌리고 있는 형

국이라, "살다 보니 어찌 이런 일이 다 있음둥, 어버이 동무의 특별 선물도 아닐 테고…, 오호라 예전에 통천이 고향이라며 소 떼 몰고 온 그 남조선 부자 양반이 보낸 것인가, 아니면 남조선하고 배포 있게 거래가 이루어져 뒷돈 받아 사 온 것인가,… 에잇 모르겠다, 임자 날래 한 솥 안치라우. 내래 배가 고프닝께 한잠도 못 잤어야." 이 팝 한 양푼을 뚝딱 먹어치운 남정네가 또 한마디 한다. "이게 꿈인가 생시인가, 임자!"

갑자기 나는 정신이 아뜩해지면서 그동안 내가 먹다 남긴 음식이 남산처럼 솟아오르기에, 하늘에 대고 정신없이 머리를 조아리다 '꿍!' 하고 이마를 찧었다. 꿈이었다

묘하고 묘한 꿈이다, 그리할 수만 있으면…

'-다워야' 메들리

'-다워야'가 물 흐르듯 흘러야 좋은 세상

아비가 아비다워야 그 아들딸도 아비를 본받아 아들 딸다운 자식으로 싹수 있게 성장하여 가문의 영광을 이을 것이고, 사장도 사장다워야 존경받는 오너로서 기업을 크게 키울 터이고, 또 그 밑에서 일하는 직원도 직원다워야 회사 발전에 기여하여 월급도 두둑이 받아 딸린 것들 입도 눈도 즐겁게 해줄 것이고, 또 장관이 장관다워야 대통령 말씀 또박또박 잘 적어서 사심 없이 공무를 처리하는 훌륭한 국무위원이 될 것이고, 대통령도 대통령다워야 콘크리트 지지율을 등에 업고 나라 살림 잘 꾸려서 나라가 융성해지고 국민이 편하게 잘 살게 해 청사에 빛나는 이름 올릴 터이고, 또 그 비서가 비서다워야 지존을 잘 모시는 비서가 될 것인데, 그 비서가 지존을 워낙 잘 모시는 바람에 지존의 견고한 신임 하나 달랑 믿고 지존의 큰 그림자를 둘러쓰고 천방지방 집적거리고 다니다 보니 사달이 나도 단단히 나버려 금방 세상 인심이 흉흉하고 논리는 꽁지 빠져 우세스럽고 정황만 풀숲처럼 솟아나 온종일 정의의 사도들이 득시글한 종편 방송국으로 일감 싣고 들어가는 우마차가 파발이서니

엇나간 '-다워야' 하나로 나라 꼴이 이게 뭡니까

2015 여름, 그 신산辛酸을 기억하며

아찔했네, 지난여름 생면부지 그 괴질에
예고는 없는 것을 연습은 더 아니기에
아픔을 덤으로 안긴 새로 쓸 재난 역사

하루가 아뜩한 터에 가뭄은 또 웬 심술
진기 빠진 산천은 흙먼지만 풀풀 났고
농심은 타는 가슴을 노을에 고변告變했다

기대고 누울 언덕 부실하고 짜잔하여
망연히 시간에 엎혀 일상을 되찾았으니
뒷날을 도모하리라, 학습 내용 적어둘 일

사초 쓰는 심정으로 편년체로 기록한다
  첫 단추를 잘못 끼운 일, 눈 속이고 꿍친 일, 터놓고
말 안 한 일, 선무당이 사람 잡은 일, 나 먼저라며 대놓
고 속 보인 일, 발길 뚝 끊긴 시장통에 선풍기만 열 내던
일, 절실한 마음 지고 기우단을 오르던 그 옛 군왕도 못

본 일,…

　적기도 부질없어라, 냄비근성 저 건망증

우화의 진화

울어쌓는 아이에게

"에비, 호랑이 온다, 뚝!"

"곶감 줄게 그만 울어, 응!"

잠시 숙지다 이내 또 운다

그러자

"내가 누군지 알아?"

뚝 그친 아이 울음

112

권력중독규제법

안방까지 깊숙이 드리워진 게임중독증

서둘러 걷어내려고 법 만들기 부산하다

권력도

중독이라죠

이참에 그 규제법도…

세상 참

아들딸 구별 말고 둘만 낳아 잘 기르자

입 줄일 절박한 구호 환청으로 먹먹한데

어떤 이 대선 공약에

결혼 오천만 원,

출산 삼천만 원!

우리네 삶, 생활 속에서 그대로 우러나는 공감의 시학

이경철 **문학평론가**

물정 모르고 바라본 그 꽃 아름다웠다
파릇파릇 돋아나는 싱그러운 풀잎 얼굴
문빗장 슬며시 흔든 나의 처음인 그 꽃!
눈멀도록 바라볼걸, 허방에 빠지더라도
일내듯 낭떠러지로 굴러떨어져 본 건데
알끈한, 오늘 이 마음 용기를 탓하다니
　　―「후회 1」 전문

가없는 우리네 삶과 마음이 솔직하게 드러난 시

　오영빈 시인의 제2시집 『동행』 원고를 쭉 읽어보니 우리네 본래 마음이 그대로 드러난다. 세상 만물 만사와 어울려 살며 일어나는 흥과 원과 한의 마음을 진솔하게 드러내고 있다. 비록 알끈하게 마음에 그림자 져오는 아쉬움, 회한일지라도 그냥 그대로 얼싸안는 용기와 해학이 우리네 삶에 활력소가 되게 한다.

　『동행』에 실린 거개의 시편들은 생활시, 좀 더 구체적으로 '생활 밀착형 시'로 읽혔다. 시 쓰는 시간과 장소가 따로 없이 생활, 삶 자체에서 시가 자연스레 우러나오고 있는 것으로 보인다. 무슨 특별한 정서나 깨달음으로 홀로 책상에 앉아 골몰하며 이리 깁고 저리 짜낸 시가 아니라 체험이 그대로 시가 되고 있어 자연스럽다. 뭐 특별한, 중뿔난 마음만이 시를 짓는 것이 아니라 평상심이 그대로 시를 짓고 있다. 하여 본격시와 대중시의 벽도 허물고 우리 시단에 첨예하게 나뉜 순수시와 참여시의 잘못된 진영 구분과 논리도 무위로 돌려버린다. 하여 시를 가없이 넓히고 있다. 우리네 마음에 어디 구분이 있고 끝 간 데가 있겠는가. 그런 자유로운 우리네 마음을 우리 생활 속에서 사심 없이 그대로 드러내며 삶이 곧 시라는 것을 새삼 깨닫게 한 시집이 『동행』이다.

일찍이 공자는 시는 '사무사思無邪'라고 한마디로 잘라 말했다. 삿된, 사특한 마음이 들어 있지 않은 것이 시란 말이다. 말년에 공자는 "즐겁되 음탕하지 않고 슬프되 상심하지 않는樂而不淫, 哀而不傷" 시로 세상을 교화하기 위해 항간에 널리 불려오던 민요 중 3백여 편을 모아 『시경詩經』을 펴냈다. 그러면서 시의 효용을 이렇게 네 가지로 압축했다. 시는 "가이흥 가이관 가이군 가이원可以興 可以觀 可以群 可以怨"이라고. 흥을 불러일으키고 사물과 세상을 제대로 보게 하며 무리와 잘 어울리게 하고 세상을 원망하며 제대로 비판할 수 있게 한다는 것이다.

이런 동양 최고의 시론詩論이랄 수 있는 공자의 말처럼 삿된 이해나 목적 없이 평상심으로 시를 써 만물과 세상과 자연스레 어우러지며 독자들과 함께하고 있는 시집이 『동행』으로 읽혔다. 지금 우리의 현실과 시인의 삶에 대한 원怨과 흥興도 있고, 사물을 바라보며 일어나는 순정의 서정도 있고, 초심의 옛 세월과 고향을 둘러보는 그리움도 들어 있다. "세인의 가슴에 닿아 하늘거리는 나뭇잎처럼 고개 끄덕거리게 하는 몇 줄의 시로 남기를 바라는 마음 간절하다"고 이번 시집 '들머리에'서 밝힌 것처럼 시인은 독자와 세상과의 공감을 희구하고 있다. 세상과 실시간으로 소통하는 정보화 시대에 살면서도 마음은 뿔뿔이 흩어져 외로운 이 시대에 삿되고 꾸밈없는 민낯, 맨 마음으로 너와 나를 공감으로 잇고 있는 시집이 『동행』이다.

사심 없는 생활 밀착형 시편들

쏘삭거린 봄기운이 허둥지둥 내몬 봄길
저마다 형형색색 차림새도 천차만별
생각도
저러할지니…
갑자기 등 뒤에서 '너 바보!'
―「너 바보」 전문

시조 단수이다. 3장 6구 45자 안팎으로 세상을 보여주고 자신의 마음도 담아내야 하는 것이 단시조이다. 때문에 절제와 응축의 미학을 보여야 하는데 기량이 미치지 못하면 정형의 틀에 갇혀 답답하거나 작위적으로 보이기 십상이다.

그러나 위 시를 보시라. 단시조의 좁은 틀이면서도 얼마나 자유롭고 자연스런지. 어느 인식의 틀에도 가둘 수 없는 마음이 즐겁게, 혹은 한스럽게 툭툭 뛰어놀고 있지 않은가. 봄을 맞아 만물이 제각각으로 소생하는 풍경이든 아니면 그걸 구경 가는 제각각의 사람이든 천차만별을 그대로 놓아두고 있지 않은가. 그러면서 생각, 마음의 본질도 그대로 놓아두고 있지 않은가. 오는 봄 소생하는 만물은 무엇을 생각하는지, 그런 것을 바라보는 시인과 인간의 마음은 어떤지를 어떤 인식의 틀에 짜 맞추려 하지 않고 그냥 놓아두지 않는가. "너 바보"라는 한마디로 오는 봄에 대한 많은 것을 생각하게 하면서도 그 생각, 그 마음을 그냥 본디대로 놓아두며 그런 마음 자체로 독자와 소통하며 즐기고 있지 않은가. "너 바보"라는 해학으로.

망설임의 끝자락에 체로 거른 생각 하나
한 마장도 못 나가서 바장대며 돌아보네
삶이란
노상 그렇게
후회로 새긴 나이테
　－「삶이란」 전문

　삶이란 무엇인가를 묻고 있는 시이지만 뭐 심각하거나
거창한 답은 안 하고 있다. 문면상으로는 "후회로 새긴 나
이테"라 답하지만 뼈아픈 후회나 각성도 없다. 차라리 이
시에서 "삶이란" 물음에 대한 답은 '나이테'라는 실체보
다는 그것을 '새기는' 행위를 수식하는 "노상 그렇게"나
"바장대며"일 것이다.
　그렇지 않던가, 우리네 삶은. 노상 후회해도 또 잊고 후
회할 일 저지르고 살아가고 살아내는 게 우리네 실제의
생생한 삶 아니던가. 아무리 곰곰 생각의 체로 걸러낸 각
성이나 후회일지라도 그것은 관념과 개념으로서 실생활
의 체를 빠져나가지 않던가. 그리고 또 노상 그렇게 후회
하며, 바장거리며 살아가는 게 거개의 삶 아니던가.

삶이란 것에 대한 심각한 답을 그저 생활 속 체험에서 얻듯, 이 시에 쓰인 시어, 그것도 이 시의 주어, 주인이랄 수 있는 시어 "노상 그렇게"나 "바장대며"도 일상에서 흔히 쓰이는 말들이다. 이렇듯 누구도 함부로 정의 내릴 수 없는 '삶'의 정의를 삶 그 자체의 체험에서 익숙한 생활어로 내리듯 『동행』에 실린 거개의 시편들은 생활에서 나오고 있다. 그래서 시인의 시편들을 나는 '생활 밀착형 시'라 한 것이다.

논밭의 잡풀이야 적색분자 색출이다 / 무도한 살상의 손길 영역 침범 징치懲治다 / 후드득 듣는 눈물이 하늘 가슴 닮았다 // 떼죽음을 도모하려 맨땅으로 내쳐본들 / 한눈판 그 사이에 보란 듯이 일어섰네 / 모질다, 생떼 목숨아! 내 삶은 어쩌라고 // 잠시 자리 털고 자연에서 너를 본다 / 어디에도 울 없고 주인 없는 자리 없네 / 모두가 어엿한 주인, 내 갑질을 어쩐다

　－「잡초를 뽑으며」 전문

세 수로 된 연시조이다. 잡초를 뽑으며 한 생각들을 쭉

물 흐르듯 늘어놓았다. 그러면서도 경景과 정情, 대상과 시인, 너와 나를 잇고 소통하는 시조 종장의 미학을 잘 살려 시인의 마음이 곧 하늘의 마음, 민심이 곧 천심임을 그대로 보여주고 있다.

"적색분자 색출", "갑질" 등의 구절에서 요즘 색깔 논쟁을 벌이는 우리 정치판이나 갑질 논란이 떠오르고 있는 우리 사회 경제에 대한 비판의식도 얼핏 떠오르나 이걸 현실 비판이나 참여시 계열로 볼 수는 없다. 그런 사회 환경도 다 뭉뚱그려질 수밖에 없는 게 우리 실제 생활 아니던가.

그런 사회현상을 회자되는 말로 자연스레 떠올리면서도 그 말들은 결국은 시 읽기의 재미, 해학으로 귀결되고 있으니 이 시 또한 생활 밀착형 시 아니겠는가. 잡초 뽑기 체험, 삶에서 자연스레 얻어낸 모두가 생떼 같은 목숨을 살아내는 어엿한 주인이라는 우주 상생의 도를 재밌게 전하고 있지 않은가.

이념에 휩쓸리지 않아 공감력이 큰 현실의식 시편들

할머니가 온몸으로 리어카를 밀고 간다 / 폐지며 잡동사니에 빈 박스가 여남은 장 / 할머니, 그리 가져가시면 얼마나 쳐주던가요 // 위태로운 걸음걸음 할머니의 쇠진한 몸 / 해종일 그러모은 보람 셈 한번 해볼거나 / 내 서툰 계산기에는 만 원 남짓 찍히는데… // 후미진 골목골목 금붙이를 줍는 마음 / 생계로 흩어가는 저인망 할머니의 손 / 저 처지 헤아리는 게 복지의 얼굴이겠죠

　　－「복지의 얼굴」 전문

앞서 살펴본 시와 똑같은 형태인 세 수로 된 연시조이다. 누구든 거리에서 보고 짠한 마음이 들었던, 폐지를 줍고 리어카를 끌고 가는 노인들을 소재로 한 시이다. 아니, 그런 광경을 보며 느꼈을 짠한 마음과 우리 사회 공동체에 대한 반성을 소재로 해 대신 그대로 전하고 있는 시이다.

『동행』에는 이런 우리 현실과 사회의 어둡고 아픈 구석을 대상으로 한 시편들이 적잖다. 그러면서도 고발과 비판의식만 날 세우는 여느 참여시, 민중시와는 다르다. 당

위當爲로서 이미 각질화된 관념으로서의 이념이 아니라 실생활에서 누구든 보고 느꼈지만 표출하지 않았던 것을 삿된 목적 없이 대신 전하는 생활 밀착형 시여서 메시지의 공감력이 더 클 수밖에 없다.

어디에도 끼지 못한 주류 밖의 외톨이 / 개발 뒤끝 도심 속 관심 밖의 자투리땅 / 되찾은 순명順命의 가슴 푸른 숨결 품었다 // (……) // 보석도 무심하면 돌멩이와 함께 논다 / 관심의 손길에 닿아 주류 변신 팡파르 / 자투리 정명正名의 자리 서민들의 보람이다
  ─「자투리땅」부분

도심 자투리땅에 들어선 손바닥만 한 쌈지공원을 소재로 한 시이다. 상업화 시대 땅따먹기 하듯 사재기하다 어디에도 소용 안 돼 팔리지 않아 본래의 자연으로 살아남은 자투리땅에서 설핏 "이 나무는 쓸모가 없기에 천수를 다한다此木以不材得終其天年"는 장자의 우화가 떠오른다. 그러면서 군대나 사회에서 좀 덜떨어진 자들을 가리키는 '고문관'이란 말과 함께 '루저'라는 신조어도 떠올라 씁쓰

름하다. 얼마 전까지만 해도 무리에서 많이 뒤처져도 '고문관'으로 대접하며 잘 보듬고 갔는데 요즘은 가차 없이 낙오시켜버리는 무한 경쟁 사회가 돼버려 삭막하기 그지없다. 그러나 소용되지 않아 오히려 순명을 다하는 자투리땅. 이것이 우주 순항 순명이고 정명인 것이며 민초들의 삶이란 것을 공원으로 변신한 자투리땅을 통해 보여주고 있다.

　　예와는 사뭇 다른 살 에는 윗녘에서 / 같잖은 애송이 하나의 행동거지에 / 우리네 절름발이 걸음 어질증이 도진다 // 귀쌈을 때릴까 보다, 판 커질까 켕기고 / 돌아보면 이쪽 그쪽 목숨 건 외줄 타기 / 오누이 연 맺었다는 헛소문만 난대도
　　－「동행 1」부분

네 수로 이뤄진 연시조 중 전반 두 수이다. 수소폭탄이니 인공위성 실험을 해대며 국제사회를 잔뜩 긴장시키고 있는 북한 김정은과 주민들에 대한 애증이 그대로 드러난 시이다. 우리 국민 거개가 생각하고 있을 북한에 대한 그

런 마음을 속 시원히, 재밌게 보여주고 있는 시이다.

　이처럼 『동행』에는 우리 사회의 어두운 측면에서부터 정치판, 남북 관계 등 현실의식을 다룬 시편들이 많이 실려 있다. 현실의식이라지만 좌우 진영 논리나 이념에 주박당하지 않고 생활 속에서 있는 그대로, 느낀 그대로 우러나와 공감을 쉽고, 재밌게 더 확산시키고 있는 것이다.

　　탱자나무로 울 두르든
　　죽데기로 담장을 치든
　　때 없이 오면가면 뱃속까지 안 이웃사촌
　　이즈음
　　아파트살이
　　한 뼘 거리 먼 이웃
　　　　-「이웃사촌」 전문

　그랬었다. 내 어릴 적 시골집도 탱자나무 울에 둘려 있었다. 바람도 잘 통하고 뱁새도 드나들고 지나던 이웃 눈길과 말길도 넘나들던 울. 그런 울타리는 남을 막고 안에 홀로 갇히게 하는 담장이 아니라 나쁜 건 가리고 좋은 것은 통하게 하는, 만정이 소통하는 공간이었다. 그러나 지금 아파트들을 보라. 다닥다닥 붙어 있으면서도 옆집에 누가 사는지도 모르고 엘리베이터를 타도 눈길은 안 맞추고 애써 벽만 바라보는. 그래 '이웃사촌'이 죽은말이 돼버린 지금 우리네 삶은 얼마나 팍팍한가. 정이 소통되지 않는 지금 이곳의 삭막한 삶의 현실에서 시인은 이렇듯 과거를 퍼 올리기도 한다.

생활 속의 모국어로 퍼 올린 민족의 정과 한

팍팍한 시절에는 복도 팔고 샀었지 / 복조리 사시오
—, 살 에이는 설날 아침 / 삽짝이 잠시 열리고 도란도
란 복 거래 // 적선하고 복을 짓는 인정 깊은 마음씨 /
아낙들 웃음소리 담을 넘고 울을 넘어 / 새해가 불끈 솟
으면 복 거래는 끝나고 // 오늘은 그런 물건 용처인들
알까 몰라 / 벽에 오른 복조리, 장식으로 남은 흔적 / 가
난도 복습하듯이 복을 짓던 새 아침
―「복조리」전문

위 시처럼 예전에는 서울 골목골목에서도 복조리를 팔았다. 섣달 그믐날 밤 "복조리 사시오" 하고 조리를 집 안으로 던져 넣어주면 설날 아침 벽에 걸어놓고 한 해의 복을 기원하던 풍습이 달동네 산동네에 이어졌는데 지금은 그 소리도, 그 조리도 찾아보기 힘들다. 아무리 쌀 한 톨 아쉬운 곤궁한 시절이라도 그런 정은 넘쳐났는데. 어떻게든 복조릿값을 조금이라도 더 쳐주려고 했는데. 이젠 서로의 곤궁함을 알아주고 나누던 인정도 끊겼다. 시인은 지금 우리 시대 메말라가는 그런 인정이 아쉬워 '복조리'를 떠올리고 있는 것이 아니다. 단순한 회고조가 아니라 변할 수 없는 인간의 심성, 그 휴머니즘을 위해 그때의 풍속을 떠올리고 있는 것이다.

두 길 세 길 파는 것은 사치고 낭비니라
골똘히 한길만을, 미련퉁이면 또 어떠냐
힘겨워
돌아보는 길목
등 따시고 배부른 그 길
ㅡ「밥상머리 추억 1」 전문

삶이 힘겨울 때 어른들이 늘 하던 이야기가 문득 떠오를 때가 있다. 어린 시절 밥상머리에서 할아버지나 아버지에게 들었을 법한 이야기들. 그때는 무슨 말인지 모르고, 또 잔소리인가 하며 흘려버린 그런 말들이 다 삶 속에서, 체험 속에서 우러난 사심 없는 진리였음을 한세상 살다 보면 문득 깨닫는 날이 누구에게든 있을 것이다. 위 시는 그런 구체적 진실을 전하고 있다. 메마르게 전하고 있는 것이 아니라 아직도 생생한 옛정이 물씬 묻어나게. 그러면서 핏줄 속에 전래되어온 민족 전통의 정과 한을 자연스레, 아스라하게 환기하고 있다. "등 따시고 배부른 그 길", 배고프고 서러워서 아름다운 길이 우리네 삶이라고, 우리 민족 정한의 미학에까지 자연스레 이르고 있다.

　　내 고향 뒷산에는 관악사란 절이 있지 / 옛날 옛적 절터에 새로 생긴 작은 절 / 바람난 친구 아낙이 군서방과 지은 절 // (……) // 지푸라기 잡는 심정에 들쑤시는 소문들 / 찾을 듯 허방 짚고 다리난간 올랐을 때 / 두 새끼 눈에 들어와, 아부지, 어디가— // (……) // 버버리라고 놀려대도 애매하게 웃었지만 / 그 가슴 한의 바다에 파

129

문 하나 보냈것다 / 어쩌다 세월 거슬러 눈물 한 점 떨
군다

　　―「눈물 한 점 떨군다 – 고향 친구 버버리 금농아를 그리며」
부분

14수로 된 연시조 부분 부분이다. 이렇게 긴 연시조를
장편소설 장 구분하듯 5장으로 나눠, 긴 이야기를 끌고
가는 일종의 서사시조로 읽힐 수 있다. '고향 친구 버버리
금농아를 그리며'라는 부제가 말해주듯이 어릴 적 농아
친구의 한 많은 생을 이야기하듯 들려주고 있는 시이다.
샛서방과 바람나 집 나간 아내를 찾으러 갔다가 되레 맞
아 죽은 벙어리의 한 많은 삶의 줄거리도 그렇거니와 그
런 슬픈 이야기를 판소리 사설 한 마당같이 시조로 풀어
내고 있어 돋보인다. 시조 정통 미학이라기보다는 우리
민족의 삶이 묻어난 판소리 같은 민초들의 미학으로.
　"옛날 옛적에……"로 시작되는 우리네 전래 이야기 형
식을 취하면서 시공을 초월한 민족의 정한이 민족의 토양
속에서 자란 언어, 향토어와 모국어로 솟아나고 있지 않
은가. 『동행』에 실린 많은 시편들에서 시인은 이런 향토

어와 모국어를 여전히 오늘의 생활어가 되게 하고 있다. 상황에 맞는 우리 모국어를 시를 위해 고르고 골랐다기보다 체험의 진정성, 삶 자체에서 우러나온 시가 되레 잊혀가는 우리 모국어를 현장감 있게 생생하게 살려내고 있는 것이다. 이렇게 우리말을 오롯이 살려 민족의 정한을 오늘에도 생생하게 전하는 것만으로도 시적 가치와 효용은 충분할 것이다. 오늘 이곳의 삶에서 시가 비롯되고 있기에 단순하고 감상적인 회고풍을 넘어 인간의 원초적, 근원적 그리움으로까지 확산돼가고 있는 것이다.

그리움의 근원에 가 닿는 태생적 언어

　아무리 견고했기로 파도 앞에 무위였다 / 부딪치고 깨진 자리 흠결마저 다 삭히고 / 시간의 넉넉한 허어 몽돌을 지었나니 // 파도의 세찬 물결 밀치고 끌어안고 / 치열한 삶의 해변 내외의 몸짓 같은 / 긴장의 파고를 뉘어 각 지우는 사랑법
　　-「정도리 몽돌」 부분

시인의 각주에 따르면 '정도리'는 "완도읍에 있는 해변 마을 이름"이다. 해남에서 태어나고 자란 시인의 고향 인근 바닷가 몽돌을 보며 쓴 시이다. 세찬 파도에 부딪치고 깨져가며 둥글둥글 원만해져 가는 돌에서 삶과 사랑의 의미를 읽고 있는 시이다. "긴장의 파고를 뉘어" 원만해지게 하는 "시간의 넉넉한 허여"가 고향이고 우리네 마음 본래 이던가. 밀려왔다 밀려가는 파도의 "치열한 삶", 긴장된 역동성과 몽돌같이 원만한 영원성을 대비하며 변할 수 없는 삶의 근원, 마음의 고향을 둘러보고 있다.

근원이니 고향, 초심을 둘러보면서도 지금 이곳의 "치열한 삶" 한가운데를 놓치지 않고 있는 것이 이번 시집의 미덕이다. 하여 그리움이니 거기서 촉발된 정서들도 관념이나 감상이 아니라 생생하게 살아 있는 활력, 혹은 간절함의 진정성을 더하며 공감을 불러일으키고 있는 것이다.

    태생적 그 이름엔 호기심의 디엔에이
    밀물 썰물 운행 속에 그리움이 봉긋하면
    기어이
    가고 말리라

해남 땅끝마을
―「해남 땅끝」전문

생활 속에서 시를 찾고 쓰는 시인에게도 고향, 본심이
란 원초적 관념이 이렇게 부지불식간에 단수로 터져 나오
고 있다. '그리움'이 기어코 터져 나오며 그 태생적 간절
함을 더하고 있는 것이다.

이렇게 간절하게 터져 나온 언어에는 언어와 의미와 지
시 대상은 물론 시인과 언어 사이에 아무런 틈이 없다. 간
절한 기도, 혹은 즉발적인 감탄같이 언어가 시인과 혼연
일체가 돼 있다. 매개나 소통을 위한 언어가 아니라 태초
의 즉발적인 언어이다. 언령言靈이 깃든 언어로 삶과 시의
알파요 오메가인 그리움의 고향을 고스란히 소환하고 있
는 시로 내겐 읽혔다.

이 눈치 눈물 한 점
저 눈치 눈물 두 점

설 수만 있다면야

너 홀로 걸어가라

간헐천
솟구치는 물기둥
혈맥 불끈 솟는 결기
―「너 홀로」 전문

생활 속에서, 삶 한가운데서 나온 '결기'가 번득이는 시
이다. 이 눈치, 저 눈치 보는 공동체의 삶이 있기에 결기
내지 의지가 꾸밈없이 더 돋보이는 것이다. 생활 속에서
솟구쳐 나온 시이기에 오영빈 시인의 시에는 불끈 솟는
힘이 있다. 요즘 시단의 시 미학이나 시 의식에 이리저리
눈치 보며 주눅 들지 마시고 이런 솔직하고 힘 있는 남성
적인 시 계속 많이 보여주시길 빈다.

동행

초판 1쇄 2016년 4월 7일
지은이 오영빈
펴낸이 김영재
펴낸곳 책만드는집

—

주소   서울 마포구 양화로3길 99 4층 (04022)
전화   3142−1585·6
팩스   336−8908
전자우편   chaekjip@naver.com
출판등록   1994년 1월 13일 제10−927호
ⓒ 오영빈, 2016

—

ISBN 978−89−7944−565−7 (04810)
ISBN 978−89−7944−354−7 (세트)